REDRUM 327

1

[CONTENTS]

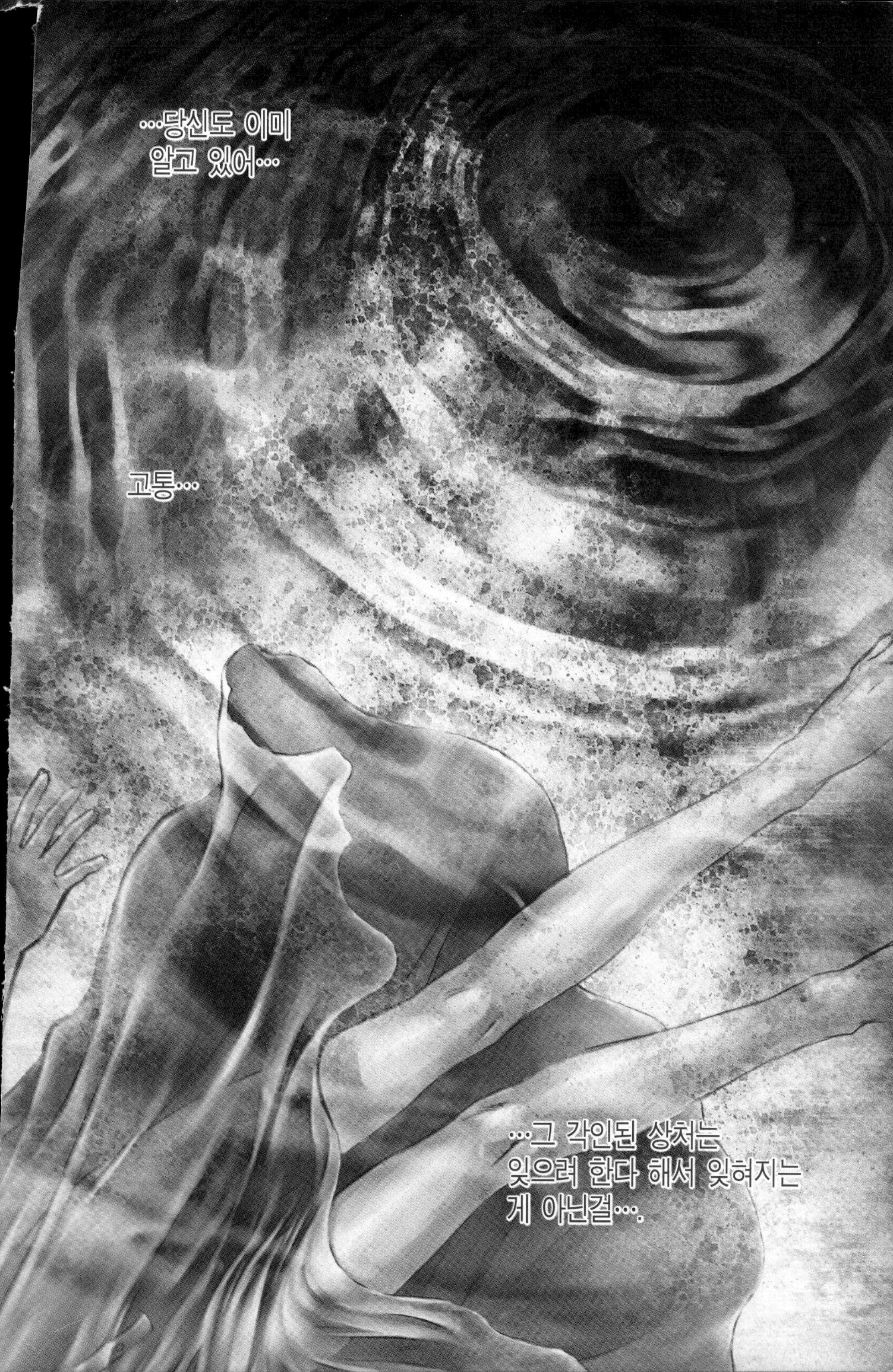
…당신도 이미
알고 있어…
고통…
…그 각인된 상처는
잊으려 한다 해서 잊혀지는
게 아닌걸….

망각은…
그 평온으로 자기자신을
감싸고 있는
껍데기일 뿐이야—.
아이참~
빨랑 들어
오라니깐~!
걱정마쇼~
내가 애들한테
다 야그해봤다니깐
그러네~.
자,
언능~.
저기…
그래도….
자자—
모두 여기를
주목하시라!!
내가 전에
얘기한 적 있는 의대퀸~
지금 잡아왔어!!

어때?
내가 말한 대로
이쁘지?
이번에 편입한
의대 1학년
은·가·희!
그녀는 마치…
이 세상 사람이 아닌 것 같이….

너무나…
아름다운 여인이었다.

REDЯUM327
고야성

#1 : The Mountain Villa [산장]
우연이라고 생각해…?
…멍청하긴…….

대체 운전을
어떻게 하는 거야?!
내 손톱 망가진
것 좀 봐!!
하…하지만 누나,
산길이니까
아무래도… 저….
됐어, 멍청아!
하여간 너란
너석은….
떽~떽~
떽~!
×발,
그가시나 진짜
시끄러워
죽겠네!
그깟 손톱 하나
부러진다고
죽냐?! 또라이
기집애….
박하,
넌 또 왜
시비야?!

이것들이
또 시작이네~.
재수없는
넘~!
저리
꺼지지
그래!
웃기네
너나
꺼져.
뭐야!
그만들하고
빨리 짐이나
나르셔~.
헤리야, 어때?
괜찮아??
웩~.
주…죽을 것
같아…
속이 뒤…!
꾸엑~.
웩!!
아이고~
나죽네~
힝~.
욱!
먹은 게 없어서
나오는 건
없는데….

가희씨,
혜리씨는
좀 어때요?
태인씨….
혜리 너,
그것봐.
내 말 안 듣고
어제 술먹고 늦게
들어가니까 오늘
벌받은 거라구.
멀라멀라~잉~
속이 뒤집혀
죽을 것 같아,
잉~.
있지, 태인아~
나 걸을 힘도 없는데
업어다주면
안 될까나?
으으응…?

자꾸 그런 소리하면 트렁크에 가둬 놀거야~.
뭐시라! 태인군, 너무하는군!
시방 나랑 함 해보겠다는겨~!
하하하….
와~ 생각보다 더 크네?! 이게 진짜 네 거라고?!
아… 응… 아버지께서 고3 방학 때 조용한 데서 공부하라고 사주신 건데….
누굴 데려오긴 처음이네….

아씨~ 뭐야~?!
NomuraForever
PM 5:0
여기 핸드폰도 안 터지잖아~!
지…지역이 지역이다 보니까… 어쩔 수 없어….
유선전화는 있지?
그럼 됐지, 뭐.
너희 부모님께 고맙다고 전화 드려야겠다.
그… 그럼~.
으음….
앙~ 멜 올 거 있는데…!
이봐, 이기후. 피곤해 좀 씻어야겠어. 내 방 어딘지 알려줘. 방은 깨끗하겠지?
말해두지만 난 다른 사람이랑은 같이 못 자.

걱정마셔, 다른 애들도 너랑 자기 싫을 테니까.
어머? 같이 안 자줘서 섭섭한가보지?
저… 저기…,
바…방은 모두 4개니까… 저…!
이런 XX 같은..
뭘봐!!
사돈남말 하시네..
비러먹을 놈아!!
면상치워라, 구역질나!
그래, 4개니까 정운이랑 나, 박하랑 기후, 혜리는 가희씨랑 자면 되니까 나머지 방은 주은이가 써.
난 가희랑이면 OK♡
쳇…!
여러분~,
말해두지만 나는 남자랑은 같이 못 자는데~♡
내가 그렇게 싫어?
그건 좀….
후훗
나가 죽어!
미친놈!
밖에서 자기 싫으면 닥치셔!

—그리고 나서
그 녀석이 다가와서
애길하는데 '발랄함'
속에 감춰진 쓸쓸함~.
'너' 외로운
아이구나….
그 말 듣자마자
속에서 울~컥 하더니
그 놈 바지에다
우웩~!!
으하하핫~
끝내준다~!!
오호호호홋~!
이런, 이런~
한심한 놈
같으니~.
그런 대사는 말야~
나같이 멋진 남자가
해야 빛이 나는
거라고~.
안 그래,
모두?
응?
우♡
꺄악~
재수없어~!!
하하하하~
느끼해~!!

어허~ 우리
주은이 왜 그래?
오빠 시러~?
……
꺄하핫~
저리 가~!!
참…
재밌기도
하겠다….
야,
이기후!!
밥 아직 멀었냐?
배고파 돌아가시겠다,
임마!
어… 형,
다 돼가. 조금만 더
기다려 줘.
아….
우왓─!
와장창

어머,
괜찮아요?
이런…
죄, 죄송해요.
제가 덤벙대서….
덤벙대다뇨…
기후씨는 뭐든
성실한 걸요.
아….
저기… 저…
왜 아직도 존댓말을
쓰세요…?
존댓말요?
형, 누나들한테는
그렇다 쳐도 전 한 살이 더
어리잖아요…
근데도….
글쎄요…
전 아직 존댓말 쓰는
게 편해서요.
아…
예….
…….
나중에 좀 더
가까워지면 자연스럽게
말이 나오겠죠?
?

…가희씨를 보면…,
진심으로 누군가에게 존재를 인정받는다는 게 어떤 건지 알 수가 있어요….
어쩌면….
예…?
덜컹!
어~ 춥다아~.
봄인데도 아직 밤은 차네~.
기후야, 냉장고에 있는 이거 맞지?

아…
거긴 잘 돌아
가던가요?
그럭저럭—
온도 조절기가
문제인지 성에가 좀
끼었더라고.
우왓,
김치찌개다!
게다가 이 반찬들은
갑자기 다 어디서
나온 거죠?!
그냥 대충
만들었어요….
대충이라뇨~
냄새가 죽이는데요?
지금 바로
먹어도 되죠?!
그럼요,
어서 식사들
하세요.
어이~
어서 밥먹자—!
오케바리!

메뉴가 뭐야? 응?
가희씨 솜씨라~ 기대되는데~!
야~ 좋아하는 두부조림이랑 고추장 불고기닷~!
우왓!! 진짜 맛있게 생긴 찌개잖아!
그거 좀 줘봐.
자식들, 걸신들린 놈들마냥….
맛있다! 오~ 죽이는데!
좀 조용히 처먹으면 안 되냐?
뭐, 어때! 맛있어서 그러는데….
찌개, 진짜 맛있다.
쩝~.
…….

끄억~
아~
잘 먹었다~.
저녁은 잘 먹었는데
지금부터는 뭐하고 노나~
안 그러냐?
이런 데
와서
가정식 같은 밥을
먹을 줄은 몰랐네~
허~.
맞아, 급하게
일정잡고 오느라고
놀 준비는 못했네.
누구 좋은
생각있는 사람?
그래, 맞아!
정운아, 무서운 애기 해주라.
너 그런 거 많이
알잖아!
응?
웬 뜬금
없이…?

뭐시라! 들어보지도 않고 왜 그래!! 정운이 얘기가 얼마나 잼있는데~!
아이구~ 그러셔~?
그래도 유치한 건 사실이지, 뭐~.
야야, 아서라! 니가 초딩이냐? 유치하게….
가희씨는 어때요?
무서운 얘기는 별로죠?
어머? 아니에요~ 저 괴담이라면 아주 좋아해요.
에?
친구들이랑 밤에 야자할 때 그런 얘기 많이 하잖아요.
이상한 손이 머릴 잡고 흔드는 죽은 발레리나 이야기… '이 손은 누구 거?' 같은 거나….
팔꿈치로 다니는, 허리 아래가 없는 아이….

화상입은 사람이
팔에 발랐다는
피빨아먹는
깨이야기도요.
가각
가각 각
후루룩~.
하하….
생각보다
취향이
색다르네요….
그런가요?
음흐흐…
잘 알겠소이다….
그럼 혜리의
성원과 가희씨의
취향에 걸맞는
얘기를 하나 해주지.
이건 말야…
198×년에 미국에서
실제로 일어난
일인데….

내 이름은 존 위트.
34세로 기업의 중역을
맡고 있다.
여보,
나왔어.
오늘은
어때?
아주
좋아요,
존.
내 아내는 지금
정신병원에서 치료
중이다.
치즈케익
이에요?
맛있겠다♡
아내는 유복한 집안의
외동딸로 그녀의 부모는
가난한 나와의 결혼을
극도로 반대했었다.
어렵게 우리는 결혼했지만 얼마
지나지 않아 그녀의 부모가
강도에게 살해당하자,
아내는 '하얀손'이 부모를
죽였다며 미쳐가기
시작했다.
그일 이후 2년, 아내의
병세가 호전되어 집으로
돌아올 수 있었다.

아내는 야위긴 했지만
날로 좋아지고 있었다.
그러던 중 회사의 중요한
일로 출장을 가야할
일이 생겼다.
5일씩
이나요…?
응…
그래서 말인데
그 동안 클레어
숙모님 댁에
있는 게 어때?
당신 혼자 두고
가려니까 마음이
놓이지 않아서…
응?
전 상관
없어요….
클레어 숙모님은
아내의 유일한 친척으로
미나라는 딸과 살고 있는
미망인이다.
그분도 나를 늘
못마땅하게 생각하고
계셨다.

그러니까 숙모님께서….
알겠네, 어차피 자네는 있으나 마나 아니겠나.
죄송합니다….
늘 이런 식이다. 무시하는 듯한 말투…
여보!!
당신….
그녀의 부모나 숙모님이나 날 인정하지 않는 언행이 언제나 날 짜증나게 한다….
여보, 나 어떡해요… 나 너무 무서워요!!
잠깐 기다려요!!
하얀손이…!!
!!!
숙모님 발 아래에서 하얀손이 보였어요!!!

왜 이렇게 소란스러워?!
아…아닙니다, 숙모님. 지금 막 가려던 참에….
설마 당신 또…!!
나는 서둘러 나왔지만 혹시 아내가 재발한 건 아닌지 걱정이 되었다.
그러던 중…,
RRR…
뭐, 무라구요? 숙모님께서…?!
숙모님께서 돌아가셨다는 비보가 날아들었다.
숙모님은 뺑소니차에 치이셔서 하반신이 잘려나가 즉사하셨다.
여보, 괜찮아?!!
아내와 미나는 경찰서에서 보호받는 중이었다.

여보….
괜찮아?
다친 덴 없는 거야?
같이 있었다면서!
어지럽거나
하지는 않아?!
그것봐요…
내가 '하얀손'을
봤다고
했잖아요.
그 손이
숙모님을 데려간
거야….
여보,
당신 또…!!
사실 저희도
그것 때문에 혼선이
좀 있었습니다.
근데 조사해보니,
부인께선
정신병력도
있고 해서….

잇달은 끔찍한 사고와
재발한 아내의 정신병….
나는 앞날이 아찔해 질
수밖에 없었다.
그렇게 숙모님의
장례가 끝난 후,
차츰 미나는 삐뚤어져 가기
시작했다. 술… 담배에 마약…
돈이 궁해지면 매춘까지
서슴치 않게 되었다.
그런 미나를 말리려고
나는 필사적이었지만….

내 할 일은 내가 알아서 하니까 제발 좀 나가!!
왜 자꾸 귀찮게 이래!!
미나야!
저 애의 머리 위로 또 하얀손이….
그 하얀손이 곧 저 애를 데려가 버릴 거야… 어떡해….
하얀손이….
!!!
…!
제발 그만 좀 해!!
또 병원에 처박히고 싶어?!

언니한테 뭐하는 짓이야!!
형부가 뭐해준 게 있다고 언니한테 큰 소리야!
언니네 돈보고 우겨서 결혼한 주제에—!
뭐…,
비나, 너 지금 뭐라고…!!
사람들이 뭐라는 줄 알아?!
언니한테 들러 붙어사는 거머리!!
형부가 들어와서 우리 집안에 재수 옴붙은 거래!!
언니가 이렇게 된 것도 다 형부탓이야!!

…최악이다. 난 미나에게 그런 소릴 들을 만큼 잘못한 게 없는데 어째서 이런 일들이 계속되는 걸까….
집에 들어가기조차 싫은데….
아이고, 사장님~!
왜 이제서야 오시는 거예요~! 회사로도 연락이 안 되고 핸드폰도 안 받으시고~ 큰일났단 말예요!!
무슨 일입니까, 리즈 부인!!
어서 연합병원으로 가보세요! 마님도 거기 계세요.
미나 아가씨가 돌아가셨대요~!!
어젯밤에 나갔던 미나는 오늘 오후 할렘가 구석에서 변사체로 발견되었다.
그녀는 머리에 샷건을 맞고 두개골의 반이 날라가 치형검사로 겨우 신분이 밝혀져 연락이 왔던 것이다.

어떻게 더 이상 손쓸 도리가 없었습니다.
유감입니다, 워트씨.
역시… 이렇게 되어 버렸어….
'하얀손' 이 미나를….
다음엔 또 누굴 데려가려는 걸까….
짜
악
…한 번만 더 그 소릴 하면….
!!!
병원에 평생 처박혀 있을 줄 알아!

어디서부터 잘못된 것일까…
코마상태에 놓여진 내 머릿속은
이제 더 이상 아무 생각도
나질 않았다…
아내는 내일 다시
병원으로 들어가게 되었다.
가엾은 아내…
이제 그녈 지켜줄 사람은
나밖에 없다….

여보…
끝까지 지켜주지 못해서….
미안해.
아뇨….
그런 건 이제 상관 없어요….

이제는 당신도
보이죠?
제 목을
감싸고 있는
그 하얀손이….

REDRUM327

#2 : Crew [무리들]

…둘러싸고 있는 포장이 전부이지.
곪아터진 속에선 들리지 않는
기억 저편의 비명어 고스라니….

……?
왜… 왜들 그래, 응? 재미없어?
이거 그래도 공포사이트에서 조회수가 꽤… 하하하….
……
……
?
……
……
……
……
이런 XXX 같은….
야, 가서 삽가져와. 저 새끼 묻어버린다.
……
뭐야, 너?! 그럴 거면 왜 듣고 있던 겨!!
화르륵~

…정운군─.
?
뭐… 어디 가서 이 얘기 또 하지만 않는다면,
오늘 일은 용서해주지
뭐, 뭐야! 그 시덥잖다는 표정은!!
이게 다 누구 때문인데 그래?! 너무하는 거 아냐!
내 얘기 잼있다 그럴 땐 언제고~!!
뭐야! 이 자식~.
맞지?!
그래, 정운아. 어디가서 그 얘기는 절대 하지마~.
이건 아냐! 이 썰렁아!!
미안해요, 가희씨. 모처럼 재밌는 얘길 줄 알았….
……?
…가희씨?

어디 안 좋아요?
얼굴색이 안 좋아 보이는데….
아…….
그…그냥… 조금 피곤해서 그런가봐요.
아….
죄송하지만 먼저 가서 쉴게요.
저… 가희씨, 핸드폰…!
아…!
정말 정신없나 보네요.
고마워요, 기후씨.
…….
ㅋㅋㅋㅋ.
혼이 나오네~.

아아~
산길을 따라와서
그런가~.
왠지 온몸이
쑤신다,
그치?
그래….
근데 너 요리
잘하더라!
집에서
요리도
하나봐.
응, 파출부
아줌마한테
가끔 배워.
너도 알다시피 어머니가
안 계시니까 내가
어느 정도는 할 줄
알아야 해서….

흠~
그렇구나….
암튼 저녁도
맛나게 먹고 기분은
좋았는데….
정운이 얘기만
아니었어도~.
아….
응….
…에?!
설마!
무서웠던
거야?!
아…
아니~.
그냥…
그런 류의 얘기는
별로라….
머리가
멍해지거든….
그냥~ 기분이
그런 거야.
잊어버려.
…?

그나저나
네 친구들
참 재밌더라.
그치?!
내 친구들이라서가
아니라 성격 화통하고
잼있고~ ♥
이래서 소꿉친구가
좋다니깐~.
8살
때부턴가?
응! 벌써
14년째네?
너두 잘 알다시피
남들이 우릴 '리치클럽'
이라 그러잖아.
아, 기후만 빼고.
개 안 건 대학
들어와서거든~.
울 아빠 장관이고
엄마는 검사고~
집안들도 비슷해서
그런가?
맞는 점도 많아서
더 친한 것 같아♡

디자이너 박이진 씨 알지? 정운이가 그 분 외아들이잖아. 걔네 엄마 아들 사랑이 장난이 아냐~.
original collection
덕분에 정운이가 느끼남에 날라리가 됐지, 뭐.
대경
주은이네 외할아버지는 대경그룹 총수 아니겠냐~ 주은이는 학교 졸업하면 계열사 하나 물려받을걸!
굉장하다….
그치? 주은이 같은 애에 비하면 우리는 서민적이라구~.
나중에 만나주기나 할는지~.

그래?
참! 박하는 가수인 거 알아?!
가만있자….
뭐라더라? 힙합그룹인데… 뭐…뭐….
아! 〈워미민츠〉!! 그거 맞을 거야!!
정말?! 그게 그룹이름이야? 하하하….
Womy Mints
웃기지? 그래봬도 언더 쪽에선 꽤 유명한가 보드라구~ 팬클럽도 있고….
「Womy Mints」 벌레먹은 박하
정말 신기하다-.
넌 니 친구들 때문에 안 심심 하겠다.
응?
재미있는 놈들이라니깐~.

…저기…,
있잖아,
가희야….
응!
태인이…
어때?
어…떠냐니?
그…그러니까
어때 보이냐구…
네가 보기엔….
느낌이나…
뭐… 암튼 그런 거
있잖아~.
글쎄…,
얘길 많이
안 해봐서 잘은….
?
응?!

보기엔 좋은 사람 같더라~.
그치그치~?! 너 사람보는 눈 있구낭♡
그냥 보기에만 좋은 애가 아니라 정말 마음씨도 착하고 신사적인 애라구~.
집안도 얼마나 인텔리한데-!
걔네 아빠는 교수고 엄마는 국과수 연구원이래.
그래서 그런지 똑똑하고 친절해서 나한테 공부 가르쳐 줄 때도 엄청 자상했어.
나 걔 덕분에 이 대학에 들어오게 된 거나 다름없어.
진짜루…,
정말 좋은 애야….
혜리야….

너…,
태인씨 좋아하는 구나?!
아…아니, 그…그렇다기 보다는….
뭐, 어때~.
그치만… 태인이는 날 친구 이상으로는 보지 않는걸….
착해서 그런지… 둔해… 바보.
오늘 보니까 말야~.
응?

은가희 말야~
진짜 괜찮은 것 같아. 얼굴도 이쁘고 성격도 좋고….
또 시작이냐? 하여간 예쁜 여자라면 다 좋아한다니깐….
얼레~ 그럼 넌 예쁜 여자가 싫으냐?
누…눈독은 누가—! 난 그저—!!
글쎄… 가희씨는 예쁜 것보다…,
…신비한 그런 느낌이 좋더라.
뭐야, 이 자식~ 너도 눈독 들이고 있잖아~.
오우~ 태인군, 갑자기 늑대로 보이는데~?!
야, 임마! 누가…!
달칵…
정운아—.

저번에 빌려간 CD 갖고 왔지? 돌려줘.
어… 나 아직 안 들었는데….
빌려간 게 언젠데 짜샤— 얼렁 내놔!
알았어, 임마….
쫀쫀하긴~.
기후는?
아- 시킨 거 하고 있지.
기후가… 맘에 안 들더라도 이해해줘라.
가급적이면 너희와 부딪히는 거 보고 싶지 않아.

누가 그러고
싫어서 그러냐?
너야말로 지나치게
민감한 거 아냐?
그려~ 기후도
그렇고….
이제
잊을 만도
하잖어.
하지만 어떻게
해도…,
묻혀버릴 수 없는
일이 된다는 건
너희도 알잖아.
누가 뭐라냐~
적당히 하라는
거지.
쳇….

정말이지, 한심해. 그 녀석들….
걔가 뭐라고 이렇게까지 하는지 달밤에 뭐하는 짓들이람….
하여간 반반한 거 하나에 다들 혹해서는….
…박하도….

그래서…
말은 해봤어?
좋아한다고….
얘, 얘는!
창피하게 어떻게
내가 먼저…!!
헤리, 너 보기보다
부끄럼쟁이구나?
뭐야~
가희, 너 자꾸
놀릴 거야?!
뭐 어때?
누가 먼저가 됐든
고백부터 해야
시작되는 거잖아.
어쨌든
잘 됐으면
좋겠다.
그래?!
정녕 그렇게
생각하신다면,
에??
내게 "힘내라,
샌드위치"를
갖다주시겠소이까!!

하지만
12시가
돼가는데….
미안미안~
그냥 참으려고
했는데 안 돼….
난 뱃속이
조금만 허전해도
못자거든~
부탁이야♡
너도 참…,
그래,
알았어.
샌드위치에
우유도
부탁해!
그렇게
자꾸 먹다가,
똥배만 나오면
태인이가
좋아할까~?!
응,
다 좋은데…,
뭐, 뭐시랏!
난 똥배 같은 거
안 나와—
너무해~!

알았어~
농담이야, 농담.
우유 덥히는데
시간 좀 걸리니까
그 사이에 자버리면
안 돼.
그랬구나…
혜리가 태인씨를….
혜리가 그렇게
수줍어 하는 모습은
처음 봤어… 훗!
태인씨…
그냥 보기에도
참 따뜻한
사람 같아….

좋은 사람…
언제나 한결 같고…
단 한 번도
남을 상처준 적이
없을 것 같은….
…미안해……….

우아…!!
뭐, 뭐지?
갑자기 현기증이…
가슴이 답답해….
피곤해서
그런가…?

또 나도 모르게
정신을 놓게 돼.
요즘에 이런 적
없었는데….
혜리도
참…,
맨날 다이어트
한다면서 입맛은
그대로야.
사랑을 하면
예뻐진다더니
혜리도 요즘….
…
바스락…
?!

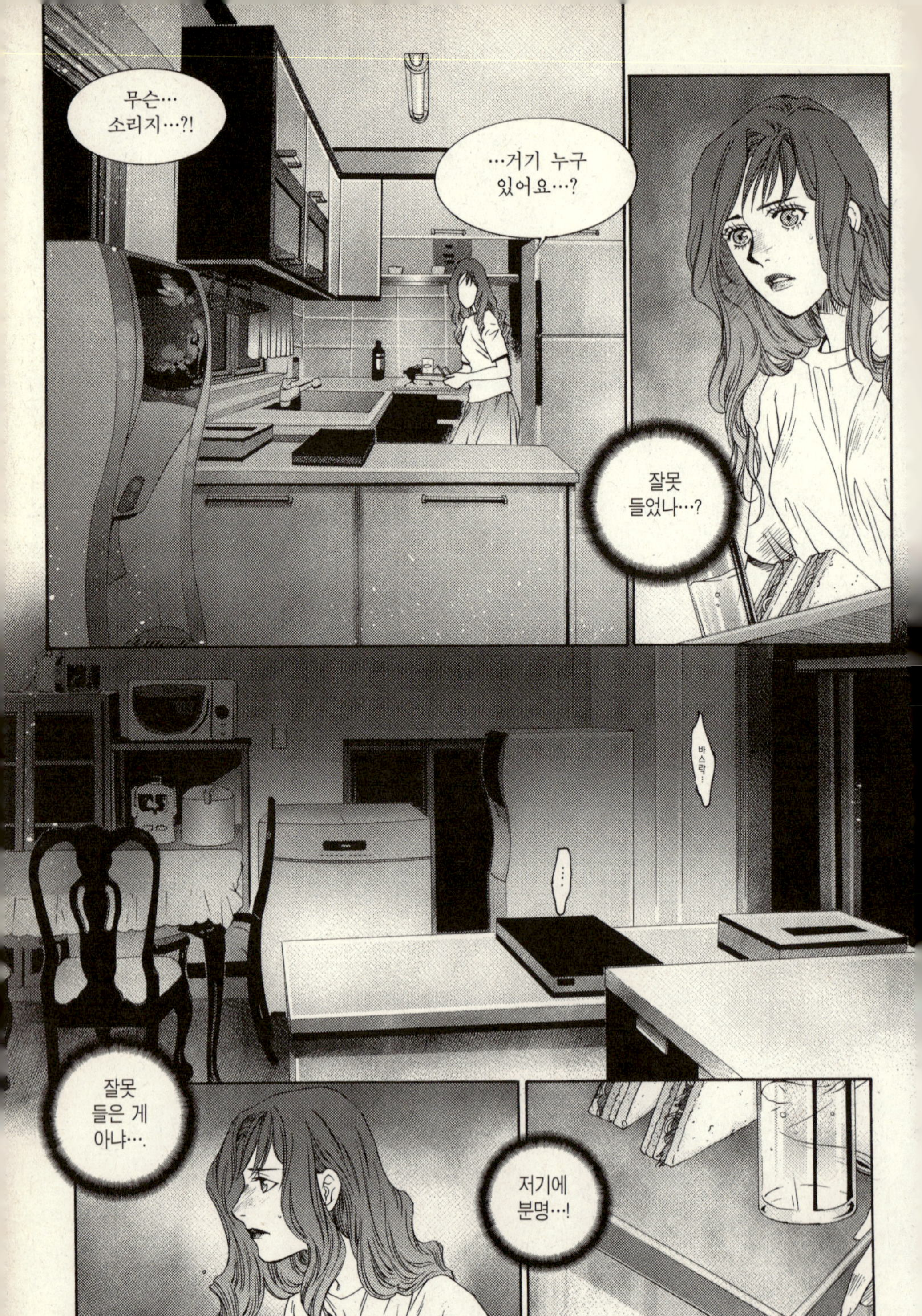
무슨…
소리지…?!
…거기 누구
있어요…?
잘못
들었나…?
바스락…
…
잘못
들은 게
아냐….
저기에
분명…!

……
……
꿀꺽…
바스락…
바삭…

바스락…
바스락…
뭐야… 괜히 놀랬잖아~.
집이 너무 어둡고 쌀쌀해서 그런가…?
자꾸 긴장하게 되버려….

기분이 좋지 않아….
빨리 돌아가야…!
덩
!

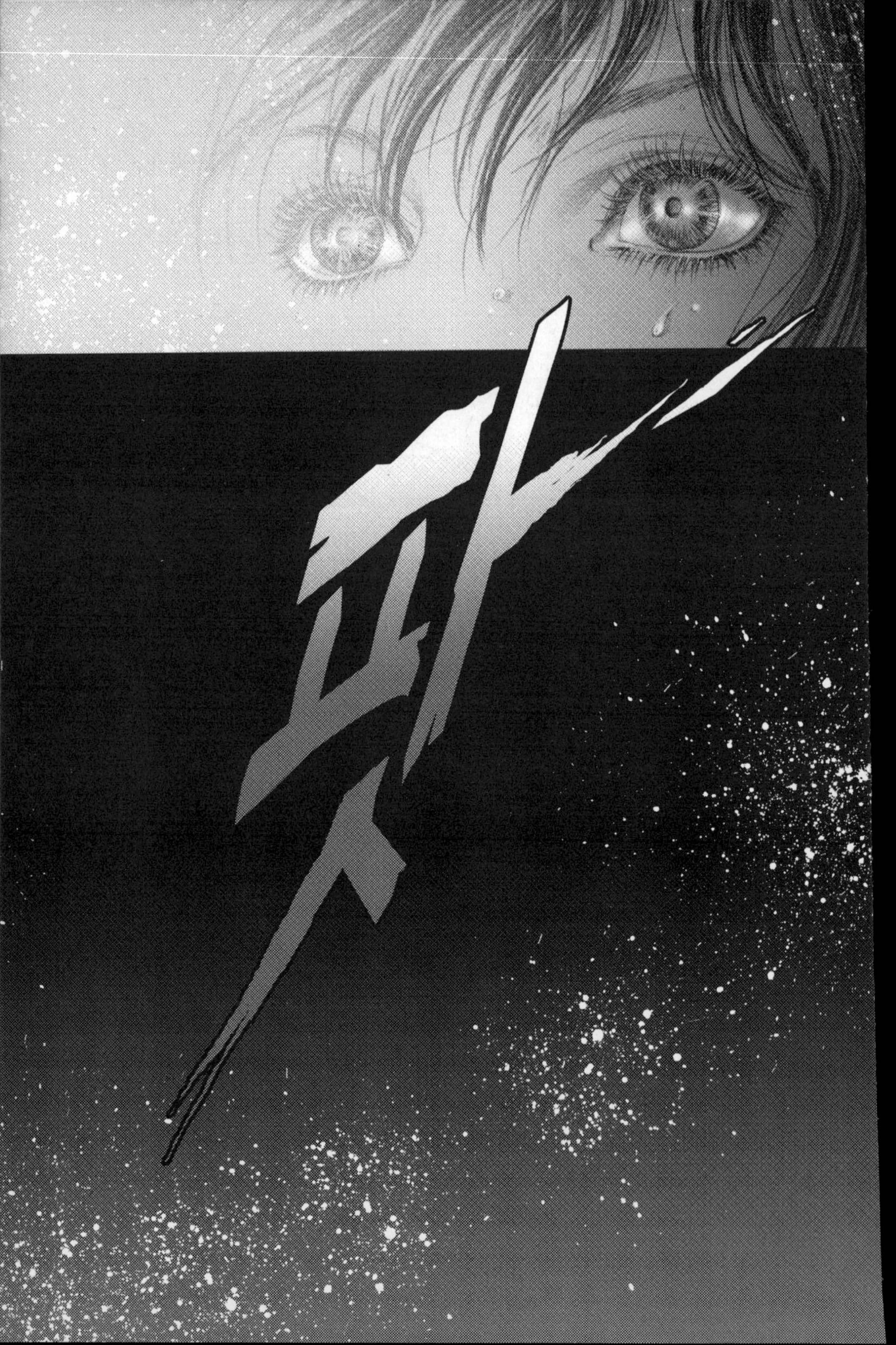

REDRUM 327

#3 : Jone
[웃음거리로 만들다]

…즐거워…?
너희들 웃음 뒤에 피범벅이 된
영혼이 울고 있어….

무… 무슨
일이…?!
두근·
헉…!
두근…
……

갑자기 문이
닫혀 버렸어ㅡ!
헉!
하아….
시…싫어!
답답해…
숨이…!!
학…!
두근 ….

…싫어…!!
그러지마!
무서워…!!
여긴 너무…
어둡단 말야!!!

…여기서
나가야 해!!
빨리
이 어두운
곳에서…!
갇혀있고
싶지 않아!

아…!
아아….
하아….
나가게 해 줘!
무섭단 말야…!
헉….
헉—.
제발
누가 좀—!!

해피 버스 데이~!!!

놀랬지, 놀랬지?!
12시 넘었으니까
니 생일이잖아~!
봐봐~
이 대형 티라미스
케익!!
그래서 내가
애들한테
얘기했지롱~♡
우리가 좀
짓궂었죠?
많이 놀라셨나봐요?
어~어~어~
폭죽 하나가
꺼질려고 해!!!
엇…
여유분도
없는데…!
어떡해~
가희야,
빨랑 꺼~!!
에…!

꺄아악—
가희야!!!

…누구…?
흑….
흐흑….
이 아이가
울고 있었구나….
너무 슬프게…
울고 있어….
흐흑….

상처투성이…
이 아이의 고통이…
그대로 흘러들어오는
것 같아….
싫어….
…응…?
여기…
싫어….

무서워….
너무 무섭단 말야….
여기서 나가게 해줘…!
걱정하지마…
내가 도와줄게….
자… 이리….

울지마…
…내가 곁에서 널 지켜줄 테니까….
…누구…?
그러니까 부디….

당신은…
누구…?
가희씨—!
정신이 들어요?!
태인씨…?
어, 일어났네. 내가 애들한테 알릴게….
다행이에요, 창백하게 쓰러져서 얼마나 놀랬는지~.
다친 손발은 좀 쓰라리죠?
물 좀 부탁해.
오래 전부터 알고 있었던 것 같은…
따뜻하고 차분한 느낌….

…이 사람인가….
가희씨…?
가희야, 깨어났어?!
헤리야….
괜찮아? 어지럽거나 어디 이상하지 않아?!
흐아앙~ 미안해~ 내가 괜한 짓을 해서….
다친 덴 많이 아프지? 용서해줘~.
난 괜찮아, 헤리야… 별로 많이 다치지도 않았는데….
힝~ 정말?

허허~ 문 앞에서
내가 막고
있었는데….
그렇게 놀라서
기절까지
할 줄은….
정말 괜찮아요.
근데 저 때문에
이벤트를 망쳐서….
아!
맞다!!
티라미스가
다 녹아버릴
텐데….
괜찮아 보이는데
나가서 마저 놀래?
어쨌든 생일이니까….
그렇게
할까요?
이대로 자버리면
모두에게 두고두고
미안할 것 같아서….
정말?♡
우헤헤~
고마워, 가희야.
고맙긴….

저기…,
냉수랑 물수건….
음~ 그건 이제 됐어. 가희 괜찮다니까 지금부터 놀아야지!
얘도 참….
하지만…,
그래도 좀더 쉬는 게….
아~ 괜찮다는데 왜그러셩~. 다친 것도 치료했고~.
게다가 생일인데 놀아야지! 안 그려?
그래도….
전 괜찮아요. 걱정해줘서 고마워요, 기후씨.

아… 뭐,
그렇게까지…!
아~씨~
졸려죽겠는데,
나참~.
오늘밤만
날인가~
쓰~.
하암!!
케익이랑
샴페인도
있어~.
딸기맛.
?
얼러리여…?

안 돼!
저번에도
보여줬잖아.
으응~
태인아~.
이번 한번만
도와줘~
응?
컨닝은 보는 사람보다
보여주는 사람이
더 힘들다구.
앙~ 안 돼.
태인아~
수학은 도저히 안 돼~.
제발
한번만~!
안—돼!
같은 학년이면
나라도 도와줄
텐데… 아쉽네.
맞아~
너도 한 학점
하잖아!

차라리 공부를 가르쳐 달라고 해~.
~
?
시험기간 내내~.
!
그, 그, 그럼!!
시험기간 내내 나랑 같이 공부하자, 응?!
뭐야! 그 시덥잖다는 표정은~! 지금 나 무시 하는겨~!!
허허~ 내가 그랬나~.
뭐? 니가~?
그래요~ 태인씨 실력 있으니까 잘 가르쳐 주세요.
하하하…,
시… 실력이라니….

……
얼씨구….

……
…꼴에 할 건
다하네, 쳇….

고마워, 가희야.
내가 왜 그 생각을
못했지?
응! 내가
잘되면 진짜로
크게 한턱 쏠게♡
그래…
이 기회에 좀 더
가까워졌으면
좋겠다.
아, 쏘는 거보다
애인을 하나 만들어
주는 게 나을랑가?
…태인씨 같은
좋은 사람
있으면….
그럼~♡
근데 태인이
같은 킹카가
또 있을….
뭐하는 거야,
이 새끼야—!!

이…!!

미, 미안, 형….
미안하다면 다야, 이 새끼야!
무슨 일이야, 정윤아!
이 자식 하는 것 좀 봐! 내 옷에 기름을 엎었잖아.
……!!
어이구~ 그새 또 한 건 하셨구만….
눈깔을 어따 달고 다니는 거야! 이거 어쩔 거야, 이 XX야!!

CAMP
REDЯUM 327

#4 : Punk [바보, 멍청이]

—보이는 것, 그 너머에 있는 것.
…인간이란 참 단순하지….

이거 기름이잖아,
이 새끼야!
더러워 죽겠네!!
윽,
젠장~!
어쩔 거냐고,
이 덜떨어진 놈아!!
앙-?!
아…!
저…
내가 세탁해
놓을테니까….
세탁?
세탁 같은
소리하고 있네!
이거 천연실크데
누구 맘대로 빨아?!

그만해라, 정운아!
이거 놔!!!
내가 지금 엄한데 난리치는 거 아니잖아!
뭐 같은 새끼가….
좀 놀아주니까 정신 못차리고…!
그깟 옷 새로 하나 사주면 되겠네.
기후, 네 용돈이면 충분하잖아?
아…!
어이어이… 지금 그 말을 꺼내면….

그래…
잘난 양부모 덕에
돈은 많다
이거지….
…쓰레기 같은
고아 주제에—!!
그만해,
한정운!!
쳇!
됐어, 됐어-!
모야~
잘 나가다
왜 사고는….
기후,
재 정말~.
……

신경쓰지마,
기후야….
오늘 같은 날엔
그냥 넘어가 주면
안 되나….
…….
와~
이건 무슨
요리예요?
파스타 일종인데…
그래도 맛은
장담 못해요.

아뇨~
맛있어
이는데….
저 파스타
무지 좋아
하거든요~.
그래요?
이게 기후씨 입맛에
맞았으면 좋겠어요.
아…
에…♡
아….
…….
오랜 시간이
지나버려서…,
…익숙해지는 건
잊어버리는 것과는
다른 것 같아요….
…예?

아…
아무것도
아니에요….
예?
예….
설탕
못봤어요?
설탕요?
여기다
둔 것
같은데….
제가
찾아볼게요.
아!
!
뭘 그리
놀라고 그래.
설탕 찾던 거 아냐?
아… 예…
고마워요….
기후, 너 여기있다
또 사고치지 말고
가서 태인이나
도와주지 그래?
아….

아… 알았어.
가볼게….
저 이만 가볼게요,
가희씨….
아… 예…
그럼 이따….
저거 타고
있는 거
아냐?
아, 캬라멜
만들던
중인데….
……
지지익~.
다 탄 거
아냐?
아뇨,
이 정도면
돼요.

봄인데도
아직 저녁부터는
추워지는 것 같아.
앙~
쌀쌀하다~.
추우면 먼저
들어가 있어-.
네가 마저
챙겨갈 테니까….
응?
아…
아니야,
그… 그렇게
추운 건
아닌데….
같이 장작이라도
많이 들고 가야지.
안 그래도 기후
때문에 썰렁한데….
이런 둘만의
오붓한 시간을
내가 왜~♡
정운이 녀석…
그런 말은 할 필요
없었는데….

기후네 부모님이 정운이 엄마 브랜드 후원자였는데 샵 문제로 좀 싸웠대.
정운이는 원래 기후 싫어했잖아.
기후네 엄마 소유로 돼있던 밀라노 샵을 그냥 닫아버렸다나봐.
그것 때문에 정운이네 엄마가 작년에 무지 고생했잖아. 평판 나빠져서 매출도 떨어지고…
지금은 나아졌지만 아직도 그일로 정운이는 기후네라면 치를 떨어.
그게 아니더라도~
그건 기후 잘못이 아니잖아.
기후가 좀 답답하고 어벙한 건 사실인데, 뭐!

기후가 고아이건
아니건 그건 중요하지 않아.
자꾸 그런 현실을 곱씹게
하는 게 잔인한 거지…
그 녀석도 충분히
괴로울 텐데….
그런 기후를
보고있으면
안타까워….
분명 좋은 녀석인데
자신의 상황 때문에
쉽게 다가오지
못하는 것 같아서….
…….
알았어~
니가 그렇게 말하면
나도 친해지도록
노력해보지, 뭐.
그래,
고맙다.
!
나 니 그런
스마트한 점이
맘에 들어.

두근…
두근…
두근…
저어기….
응?
두근…
저… 저…
그러니까….
두근…
응?
몬데?
두근…
두근…
나…
있잖아!!
두근…
에?
에… 추…추우니까
배가 빨리 꺼지는 거
같지 않니?
하하하…
배고프다잉~.
나란 애도
정말~!!

갑자기 그게 웬 뜬금없는 소리야?
몰라, 몰라! 그냥….
그냥 뭐~.
거품기가….
이거 아냐?
아… 예, 고마워요….
…….

저기….
응?
박하씨는 가수시라면서요?
혜리한테 들었어요.
언더 그라운드에서 꽤 유명한 힙합그룹에 있었다고….
아… 뭐,
일단은….
굉장해요~ 저 가수를 직접본 건 처음이거든요. 음반 사면 싸인해 줄거죠?
별로….
욕투성이라 당신이 들을만한 건 아닌데….

그…
그런가요?
썰~~렁
……
……
……
……
저기…,
—혹시 말이야,
전에 우리 만난 적이
있었던가?
네…?

당신
얼굴…,
어딘지
낯이 익어.
네…?
하지만 전
기억이….
…….
아냐, 됐어.
신경쓰지마.
전에 봤을 수도
있고 다른 사람하고
혼동된 건지도 모르지.
어머!
신기한 걸
봐버렸네~.

웬일이니~? 여자 꼬시는 대사치곤 너무 진부한 거 아냐?
아니면 생각해낸 게 고작 그 정도밖에 안 되는 건지~ 유치해.
뭐야, 너… 엿듣고 있었냐?
옷이 그게 뭐냐. 차라리 다 벗지 그래.
남이사~
내가 미쳤냐? 지나가다 하도 신기해서 말이지.
올해만 5명짼가? 작년 30명 기록은 깨야지, 안 그래?
칫, 별걸 다 외우고 다니네. 또라이 가시나.
툭
정말 밥맛이야…!

……
왜… 왜요,
주은씨…?
…아니…,
아무것도 아냐…
신경쓰지마.
저 애를
보고있으면…,
왠지 모르게
기분이 좋질
않아…!!

뭔가 자꾸
틀어지는 듯한
느낌은 뭘까….
답답해지는
것 같아….
?!
그래서 말야~
니네 집에서
했으면 해♡
넌 내
방에 오면
졸리다며~.
이제
안 자~
힝♡

두근…
뭐지?
이건….
……!
두근…
저 두 사람을
보는데 왜
이렇게…!
두근…
두근…
두근…
왜 이러는
거야…?

가슴이
아파─.

이… 이걸 전부
가희씨 혼자 다
만든 거예요?
그… 그런 게
문제가 아니라….
아는 건
이게 다예요~
맛은 장담 못해요.
보통 이 정도는
이태리 요리 전문점에
가야…!
퍼…퍼펙트!
넌 진짜
퍼펙트한
친구야~.
애는~.
먹을 만하네.
뭐야, 이 자식—
먼저 처먹고
있잖아!!
…….
먹을 만하다면서
그 볼따구는
뭐냐?

거 뭐야!
혼자 처먹지 말고
좀 줘봐—.
그아씁~
거기있는 거
먹어!!
이런 치사한
자식—.
야야, 천천히들
먹어라.
누가 뺏어먹냐~!
…….
자자~ 가희씨,
한잔 쭈욱~♡
고마워요,
정운씨.

혜리, 넌 언제부터 가희씨 알게 된거야?
응? 가희?
응~ 가희는 아빠 때문에 만났지. 가희네 아빠가 우리집 주치의거든.
딸이 나랑 같은 나이래서 소개받았어.
그래… 네가 가희씨 얘기한 게 작년부터였을걸?
응. 나도 그 전까지는 프랑스에 있었기 때문에 한국인 친구는 네가 처음이야.
프랑스에선 뭐했어? 대학다녔어?
아뇨. 대학은 아니구요.
생제르맹에서 아버지 아는 디자이너 분 댁에서 디자인 수업을 받았어요.
음~ 생제르맹엔 라크르와가 살지, 아마~.
어머, 선생님을 아세요?!

에엑~ 지…지…진짜 그 크리스티앙 라크르와 밑에서~!!
예… 근데 2년 후엔 톰포트 클레스로 옮겨서…!
톰포트?! 톰포트?!
정말 그 두 사람한테 배운 거예요?
커피포트! USB포트!
몬데 그래~?
라크르와는 들어봤는데 톰포트가 누구야
혜리, 넌 니가 들고 다니는 가방 디자이너 이름도 모르니?!
정말이지…!!
내 가방? 내 가방이 뭐??
톰포트라면 GUCCI의 수석 디자이너잖아…!
근데 왜 디자인 수업을 그만두고 한국에 온 거예요?

아버지께서 제가 병원을 이어가길 바라셨거든요. 자식이 저 하나뿐이라 어쩔 수 없었어요.
그래서 우리 학교 의대에 입학했어요.
대단하네요. 병원 여자원장 이라니~.
가희, 너 말이야! 너무 잘났다고 생각하지 않아? 사람이 말야 하나 좀 빠질 수도 있는데 너란 애는~!
얘는~ 농담하지마.
농담이 아냐! 너 소개시켜 달라는 놈들 땜에 내가 귀찮아 죽겠어!
오리엔테이션 때 난리도 아니었다더군.
순식간에 소문이 퍼져서는 우리 음대 몇몇 또라이들도 전과해버린다고 난리치고….

아~ 의대놈들은 좋겠다. 나도 의대나 들어갈걸~.
정운씨도 참~ 그렇지 않다니까요….
어이구~ 의대는 그냥 들어가고 싶다면 다 받아준다냐~?!
응? 주은아, 어디가?
생수 가지러.
아, 나두 하나만~!
주은씨, 제가 가져올 테니까 앉으세….
널 시켜먹었다간 추종자들한테 무슨 소릴 들으라구.
됐어—.
공주님은 앉아서 뜬구름 잡는 얘기나 더 하시지—.

뭐야~ 무시 하지마~.
하하하—.
쿡….
뭐야!
花無十日紅 이라 말야….
걸리적거리지 말고 비켜!
아니… 여왕님 신세가….
!!

빌어먹을
열받아ㅡ.
내가 왜
너한테까지
그런 말을
들어야 하지!
이게 다
그 기집애
때문이야!!

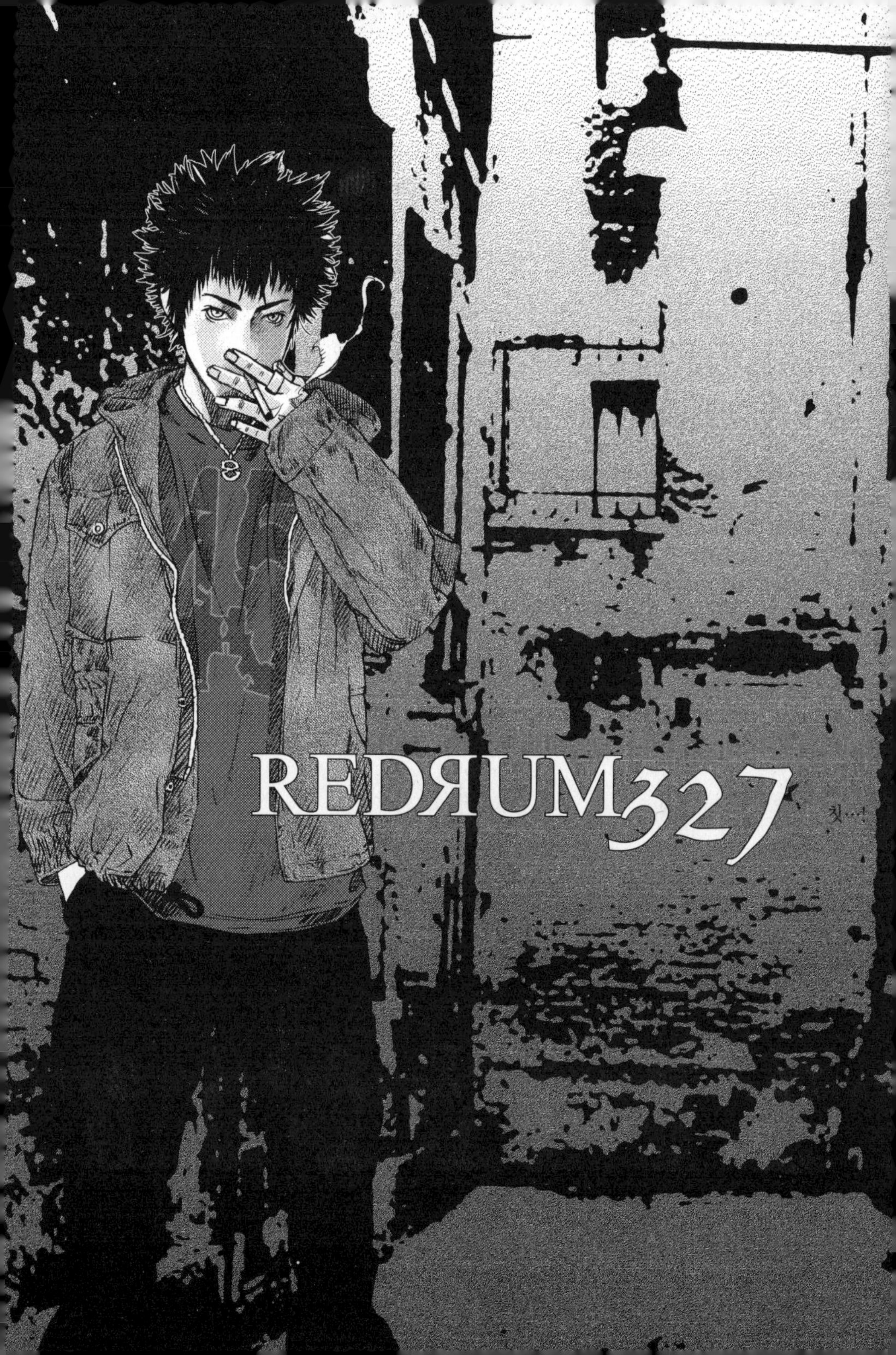
REDЯUM 327
칫…

#5 : Party [파티]

오늘이… 부디 즐거운 추억이
되길 빌겠어.
꿈에서조차 잊지 못할…
그런 추억이—.

캬아~ 오늘 술 끝내주게 자알~받네~.
정운아, 좀 취한 거 같다.
아, 뭐 어때~ 오늘 같은 날 쫌 취하면~ 기분이 좋아서 그러는구만~.
그래도 좀 천천히 드세요.
아직 많이 멀었지이~ 걱정들 끄셔~.
우리 이쁜 가희씨 덕분에 술이 더 맛있는 거 아니겄어~.
그…그런 가요? 정운씨도 참…!

가희씨~
근데 왜 아직 애인없지~?
눈이 높은 거야?
예?
그럼 나는 어때요~?
나 이래봬도 꽤 괜찮은
놈인데~ 한번
생각해봐주지~ 응?!
뭐야,
주은이 너-!!
왜? 너 아닌
가희씨한테 대쉬
들어가니까
섭하냐?
미친놈….
웃기네.
흥! 피차일반이여-
나도 너 같은 얼음공주
같은 기집애는…!
너 같은 놈은
트럭으로
갖다줘도 싫어!

그만하세요,
정운씨….
허~ 걱정들 마셔~ 난 가희씨면 돼~.
가희씨~ 우리 따로 함께 오붓한 시간 좀 갖어볼까? 응? 이쁜 가희씨~♡
그래, 정운아. 적당히 해라.
아….
그만해, 한정운.
싫~다~ 늬들이 뭔 상관이여들~.
앗….
!!
…그만하랬지!

이…이거
왜이래…?!
그 눈빛은
또 뭐야…?
하하~
난 또 뭐라고~.
너도 가희씨한테
마음있는 거 아냐?
앙? 그런 거야?!
아~악~!
뭣들 하는 거야~!!
하나도 잼없어~
아~ 짜증나~!!
헤리야!
병째들고 마시면
어떡해!!
칫…!
냅둬~
먹고 죽을겨~!!
야-!
정운이 형,
여기 냉수….

뭐야…
지금 냉수먹고
속차리란 거야?!
아니…
난…!
이런 별 등신 같은
새끼가 날
무시하는 거야,
뭐야~!!
그만해,
한정운!!
넌 왜 수틀리면
맨날 기후한테…!
헹! 혼자 착한 척
하지 마셔. 태인이 너!
넌 뭐 다른 줄 알아?
기후녀석 옆에 끼고
있다가 네가 결백해
질 거라고 착각하고
있나본데 같잖아
보인다구!!
어떻게 해도
안 된다는 거
알고 있잖아!
13년 전에
이미…!!

야, 너…!!
이 새끼가 진짜-!!
응~ 무슨 소릴 하는 거야~ 하나도 기억하지 않는다구~.
정운이는 기억력도 좋아~요~.
뭐…뭐야! 넌 또 왜 거기서…!!
자~자, 쓸데없는 소리나 하려거덩 술이나 한 병 더 불으라구~ 응?
…….
…….
이…이거 왜이래~! 저리 가!!
자~ 마셔~ 나쁜 놈아~.
에이씨~ 그래, 내가 죽일 놈이다….
옳지~ 잘 마신다~!
술만 먹이지 말고 안주도 좀 줘봐~!!

가희씨…?
왠지… 유대가 깊은 친구들 틈에 끼어있는… 그렇게 겉돌고 있는 거 같아….
오래된 친구가 없는 나로선….

오랜 친구….
가희씨—!

왜 여기
나왔어요?
안이 조금
답답하죠?
아… 바람 좀
쐬려고요….
밤공기가 쌀쌀해도
상쾌하네요.
정운이 때문에
속상하죠?
아…아니에요.
그런 거….
술만 그렇게
안 먹으면 그냥
멀쩡한 녀석인데…
하하하….
술기운에
장난이란 거 알아요.
괜찮아요….

아…
이해해줘서
고마워요….
……
……
왜일까…
자꾸만 기분이
초조해져….
여기에…
이렇게 있으면
안 될 것 같아.
시간이…
정지되어 있는
것처럼 무거워….
그가…
나를 보고 있다….

제발…
이쪽을 보지 말아
주세요….
숨이 멎은
거처럼….
어서…
여기서 들어가야 해.
더 이상은…,
더 이상은….

가…
가희씨?!
어머…
내가 왜 이러지…!
가희씨….
미안해요.
가희씨,
혹시 아까일
때문에….
아니에요,
저 조금
취했나 봐요.
우습죠?
취해서 울다니….

죄송해요,
저 먼저
들어갈게요….
…가희씨…!

…태…
태인씨…?!
제발…
울지 말아요….

이상하게
당신이 울면 가슴
한 쪽이 아파와요.
당신 눈물 하나하나가
칼날같이 내 심장을
찌르고 있는 느낌이에요….
왜그런지
나도 모르겠어요.
언제부터인지….
정신을 차리고 나면 내 눈이
당신을 찾고 있어요.
그때마다 문득 보이는
당신의 눈물이….

…가슴이 아파요….
아아… 안 돼요, 태인씨…!
이건 안 되는 거야… 제발… 그만… 여기서… 더 이상은….
돌아서야 해… 이 사람을… 밀어내야 하는데….
응? 태인이 어디갔어?
몰러~ 밖에 있나?

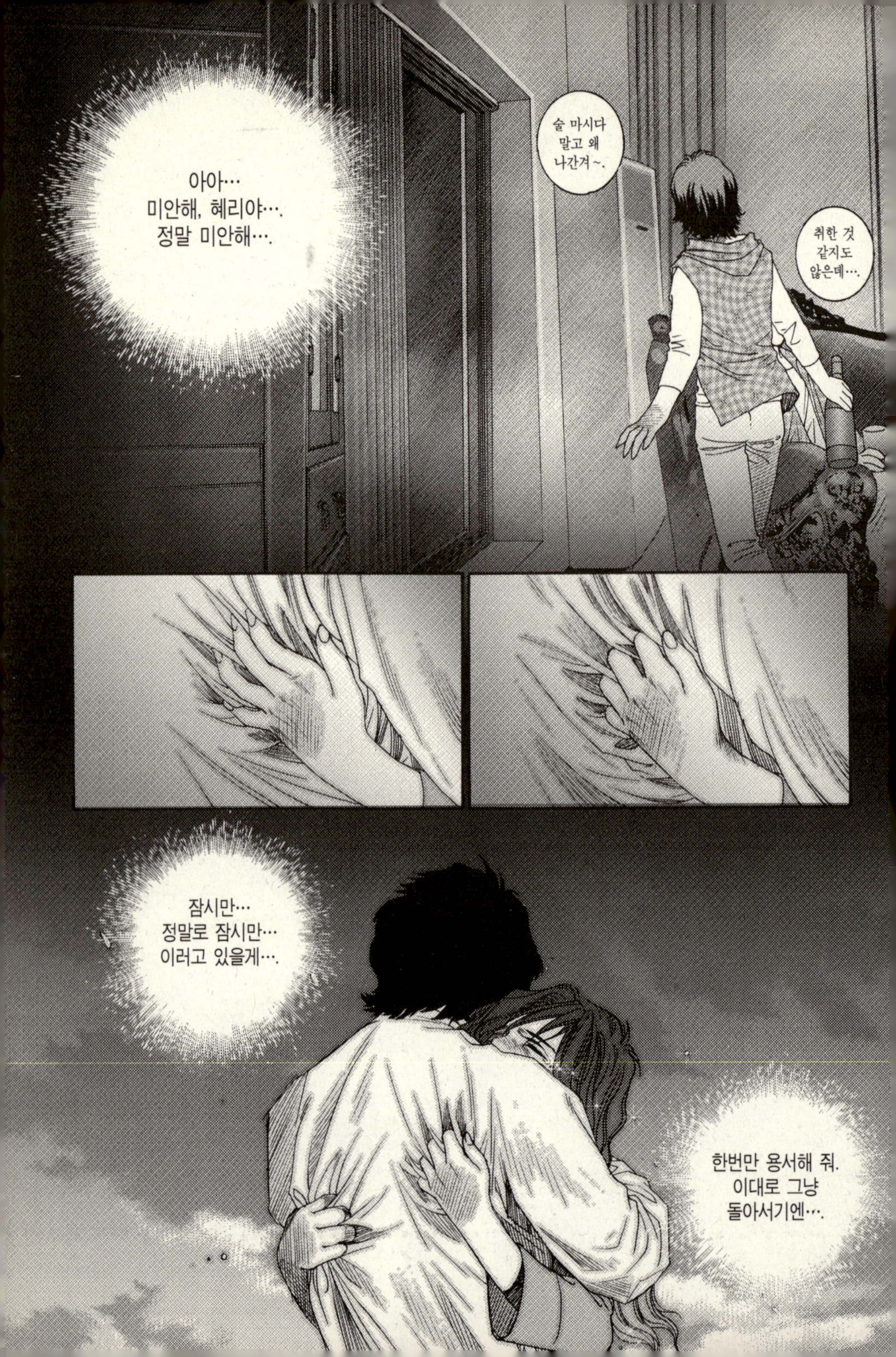
아아…
미안해, 혜리야….
정말 미안해….
술 마시다
말고 왜
나간겨~.
취한 것
같지도
않은데….
잠시만…
정말로 잠시만…
이러고 있을게….
한번만 용서해 줘.
이대로 그냥
돌아서기엔….

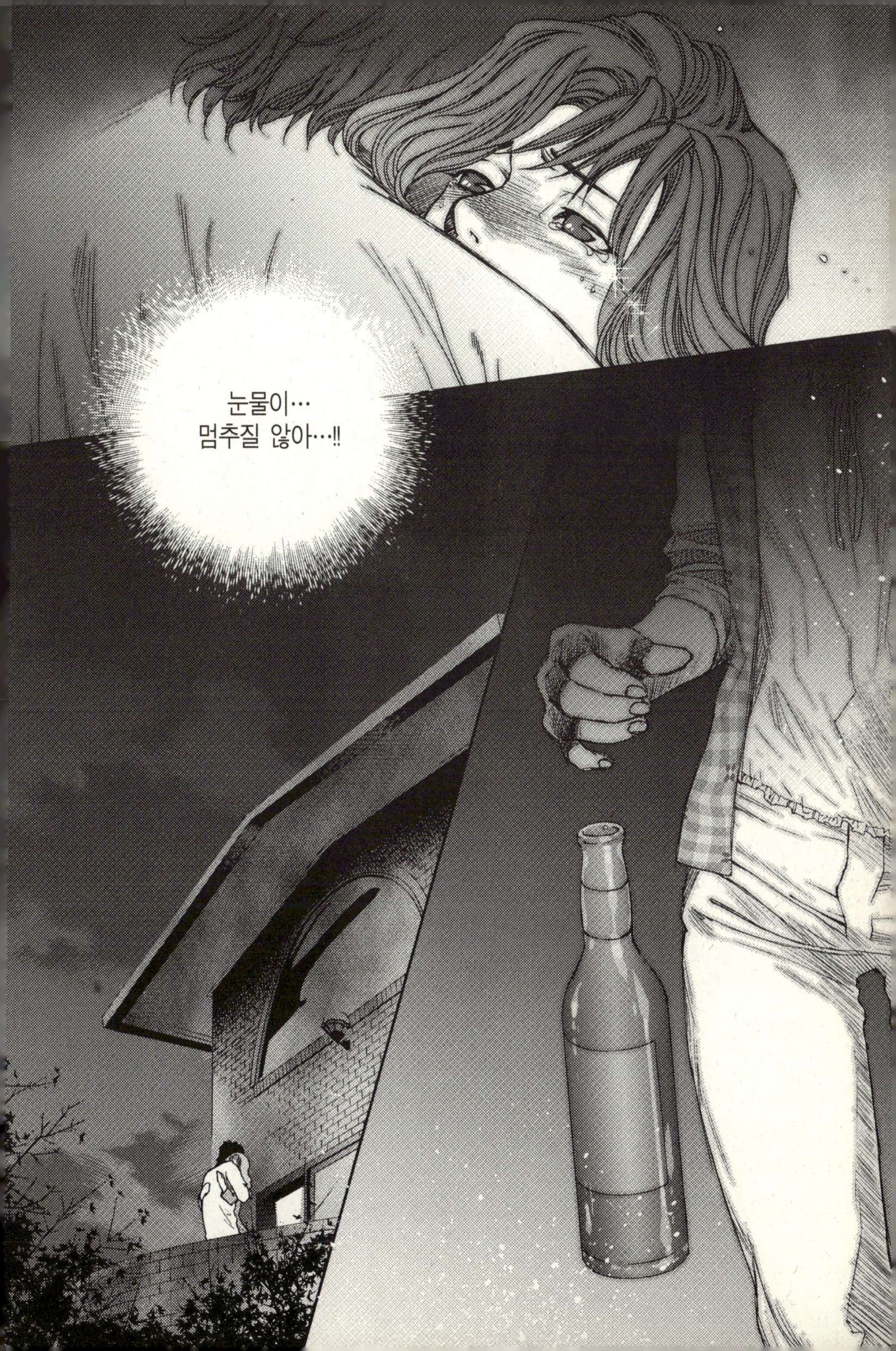
눈물이…
멈추질 않아…!!

?!!
지…,
지금
뭐하는…!

!!
지…지금 늬들
뭐하는 거야—!!
혜리야…!
혜리야…!!
이게 무슨
짓이야,
은가희—!!

응?
뭔 소리여, 이건?
헤리야?
야— 뭔데 큰소리가 나냐~?
헤리야, 갑자기 왜그래….
그렇게까지 화낼 이유가 없잖아… 응?
…비켜—.
헤리야—
비키라니까— 내 말 못 알아들었어?!

헤리야—.
왜들 그래~
늬들 싸우냐~?
그만하세요,
태인씨— 혜리 잘못이
아니에요….
전부 제가
잘못한 거니까 저랑
말하면 돼요…!
혜리야~
우리 방에 가서
얘기하자, 응?
어서….

REDЯUM327

#6 : Psych [속았어!]

-그때나… 지금이나… 달라진 게 없다니까… 용서의… 여지가… 없는…….

씩...
씩
씩.

이…,
에엑~?!
어머!
재가~?!
이게
무슨 짓이야,
윤혜리!!
가…
가희씨…!!
……!
너 대체
왜이래—?!
어이쿠야….

아니에요,
태인씨.
그러지 마세요.
제가 혜리한테
큰 잘못을 해서
그런 거니까….
혜리야….
싫어!
가까이 오지마,
이 나쁜 기집애!!
네가 어떻게 나한테
이럴 수 있어?!
어떻게—!!
아아…
혜리야….
난 널 진짜
믿었는데 이렇게
사람 뒷통수를 쳐도
되는 거야?!
아항….
그런
거였군….

너 대체 가희씨가
너한테 잘못한 게
어떤 건데 이러는 거야,
응? 혜리야—.
…은가희…!
은가희,
은가희!!
네 눈엔 가희밖에
안 보여?!
너 땜에 가슴 아픈
나는 안 보이냐구!!
내가 얼마나
오랫동안 널 지켜봐
왔는데….
넌 어쩜 그렇게
무심하게 가희랑
그럴 수 있냐구—!!
!!

혜리가….
그랬구나… 혜리가 나를….
미안해… 전혀 몰랐었어….
혜리야, 난….
됐어—! 이젠 다 필요없어!!
너희들이랑은 이제 끝이야! 정말 꼴도 보기 싫어!!
차라리 둘 다 지옥에나 떨어져 버렸으면 좋겠어—!!
혜리야—!

헤리야….
헤리야—!!
—뭐야~
그러니까….
헤리가 쭉~ 태인이를
좋아했었는데 태인이
넌 것두 모르고
가희씨랑…
뭐 그런 거냐?
쳇… 뭐야,
얌전한 고양이
부뚜막 어쩌구
하더니만….
…….
에이씨~
닭쫓던 개네~쌉~

넌 그럼 이미
혜리 맘을 알고
있었던 거네—?
알면서—
태인이랑
그런 거야?
…….
아… 뭐 당사자들이
알아서 해결하겠지만
가끔씩 너같이 뻔뻔한
애를 보면 짜증나,
증말!
첫!
주은아,
그러지마.

말을 꼭 저렇게 싸가지 없게 해야 하나….
가시나….
괜찮아요?
…전 괜찮아요.
그보다… 저…,
혜리한테 가봐야겠어요.
지금은 안 돼요.
나중에 가서 얘기하는 게 더 나을 것 같은데….
그렇지~ 또 맞으려고 가나~.

아뇨….
가서 말해줘야죠.
아무일도 아니니까 오해하지 말라고….
가희씨….
어쩌다가 이렇게 되어버렸을까….
내가 나쁜 거야… 혜리의 맘을 알면서도 태인씨를 마음에 두게 되어서….

지금이라도…
돌이키지 않으면
안 돼….
왠지
슬퍼보이는
표정….
…상처
받았을까…
그 사람도….
나… 두 사람
모두에게 상처를
입히고 말았어….
꿀꺽.
혜리야….
나
들어간다….
부탁이니까
잠깐만 얘길
들어줘… 응…?

!!
헤리야?!
너 지금 어딜 가려고 그래! 이러지 마, 헤리야!!
왜이래?! 안 비켜!
한 번만 내 얘길 들어줘— 응?
제발 부탁이야, 내가 잘못했어—!!!
내가 다 설명할게, 헤리야—!!

이거
놓지 못해!!
얘기?! 무슨 얘길
들으란 거야!
내 눈으로 너희들이 하는
짓을 똑똑히 봤는데!!
너 같으면 이런 상황에서
얘기 따윌 들어줄 수
있다고 생각해?
이 뻔뻔한 기집애—!!
혜리야…!!
너 같은 거랑은
이젠 절교야!
두 번 다시 내 앞에
나타나지마!

너 같은 건
꼴도 보기 싫어―!!
!!!
허억―
또
호흡이…!
뭐지,
이 느낌은…
소름끼치는…!!
헉―

싫어ㅡ!!

혜리야…?
너 뭐하는 거야,
지금…?
이기후,
차 키 내놔!
에?
하지만….
안 돼, 혜리야!
이 밤중에
어딜 간다고-.
넌
상관하지마!
키 빨리 안 내놔,
이 병신 새끼야-!!
…!!

야! 그냥 줘버려.
내일 매니저 형
부르면 되니까.
아….
안 불러도
모레 스케줄 때문에
날라올 테니까
차 가져가라고 해—.
여기….
헤리야,
기다려봐!
정말 왜이래—.
네 기분 이해
못하는 건 아니지만
이건 아냐. 밤에 혼자
위험하잖아—!!

옛날부터 너한테
난 친구 이상은 안
되는 거잖아— 그런 날
이해한다고?!
이해해?
니가 뭘
이해해!
그래…
내가 미쳤지…
여길 오자는 게
아니었어.
정말
최악이야—!
……
쳇,
살벌하네….

아으씨~
기분잡쳤네.
이 새끼는
이런 와중에도
퍼자냐?
야!
들어가서 자,
임마!
… 그냥 녹음실
가서 놀걸.
술병
꿰차고
잘~ 잔다.
그래,
혜리야…
네 말대로…,
모두에게
오늘은
최악일지도….

…하아…
……
……
……
…하아…
헉…
헉…

훌쩍!
나쁜 기집애….
지가 어떻게 나한테 그럴 수 있어!
가만 안 둘거야. 훌쩍.
아빠한테 얘기해서 이 땅에서 발 못 붙이게 해버릴 거야.

그때가서도
그렇게 뻔뻔한지
두고보자—!
얼굴만
반반하면 다야?!
생각할수록
재수없어!!
절대로
용서하지
않을 거야!!
부웅!!
앗!
아으씨,
재수없게
진짜—!!
뭐야,
이건 또!
틀어졌잖아!!

아씨—
안 빠지잖아~!
으유~
신경질 나!!
앗!
하여간
그 기집애 때문에
되는 일이
하나도….
골고루하네,
진짜!

응?
뭐야,
넌!
여기까지
왜 따라온 거야!

나 지금
무지 열받은 거
알면서 그래!
괜히 옆에서
신경 긁지 말고
빨리 나가!
나가라니까
안 가고 뭐하….

…자장자장
아가야…
나무 꼭대기
위에서…
바람이 불면
요람이 흔들리고
나뭇가지가
부러지면….
…그건
무슨 노래야?
…몰라… 엄마가
가르쳐 주신
노랜데….

나한테
가르쳐 줄 수
있어…?
…응….

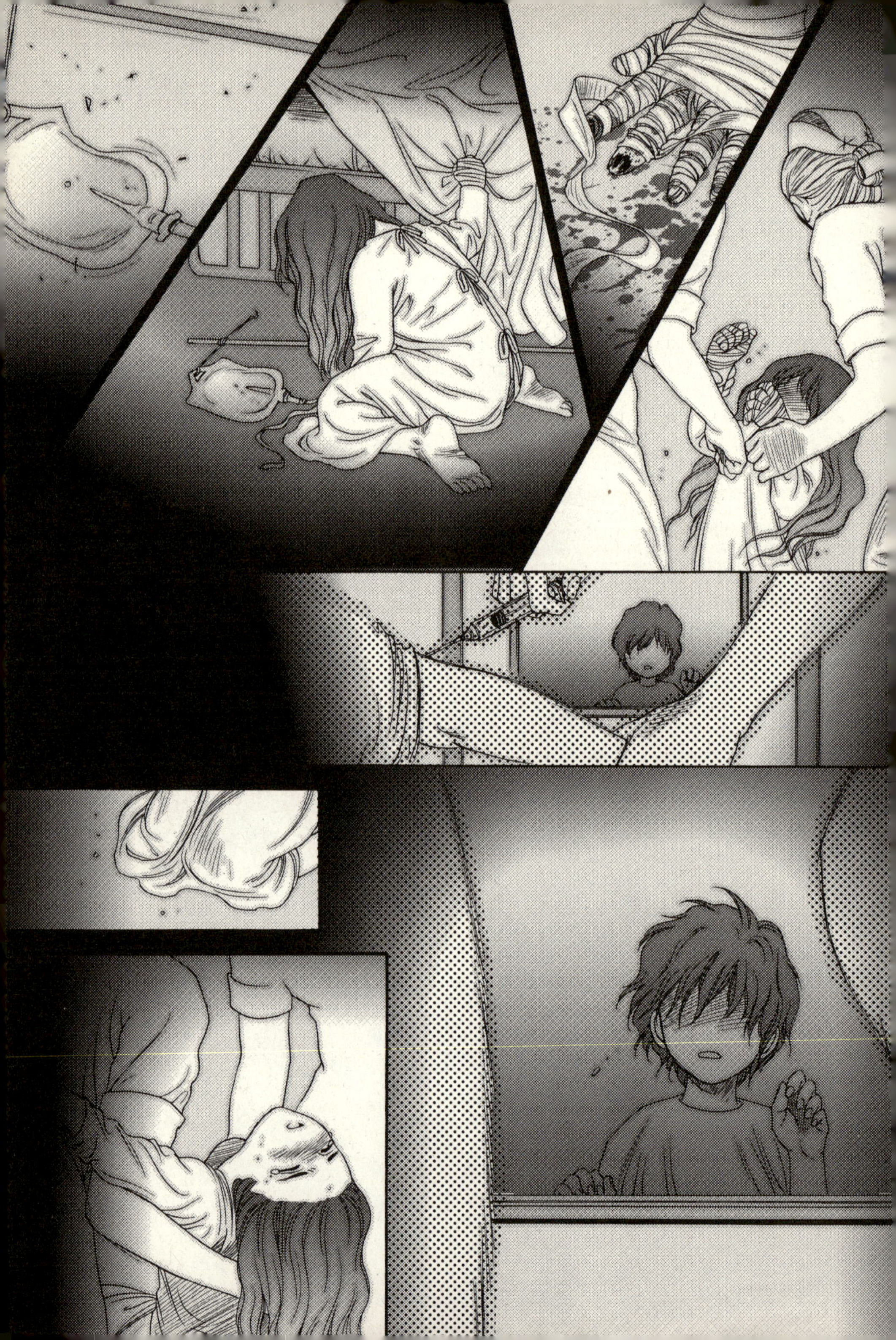

많이
아프지?
잠들 수 있게…
그 노래…
불러줄까…?

응….
자장자장 아가야…
나무꼭대기 위에서…
바람이 불면 요람이 흔들리고
나뭇가지가 부러지면
너도, 요람도 모두
떨어지겠지…
아기는 편안하고
예쁘게 자고 있고
엄마는
옆 흔들의자에
앉아….
…요람을
앞뒤로
흔들고…
부시럭…
아기는
자면서도
엄마의
노래소릴
듣지….
부시럭…

높은 지붕에서 바다에 이르기까지 …
내게 가장 소중한 아기… 조그맣고 작은 손가락… 크고 밝은 눈동자….
…아침이 밝을 때까지 편히 자렴….

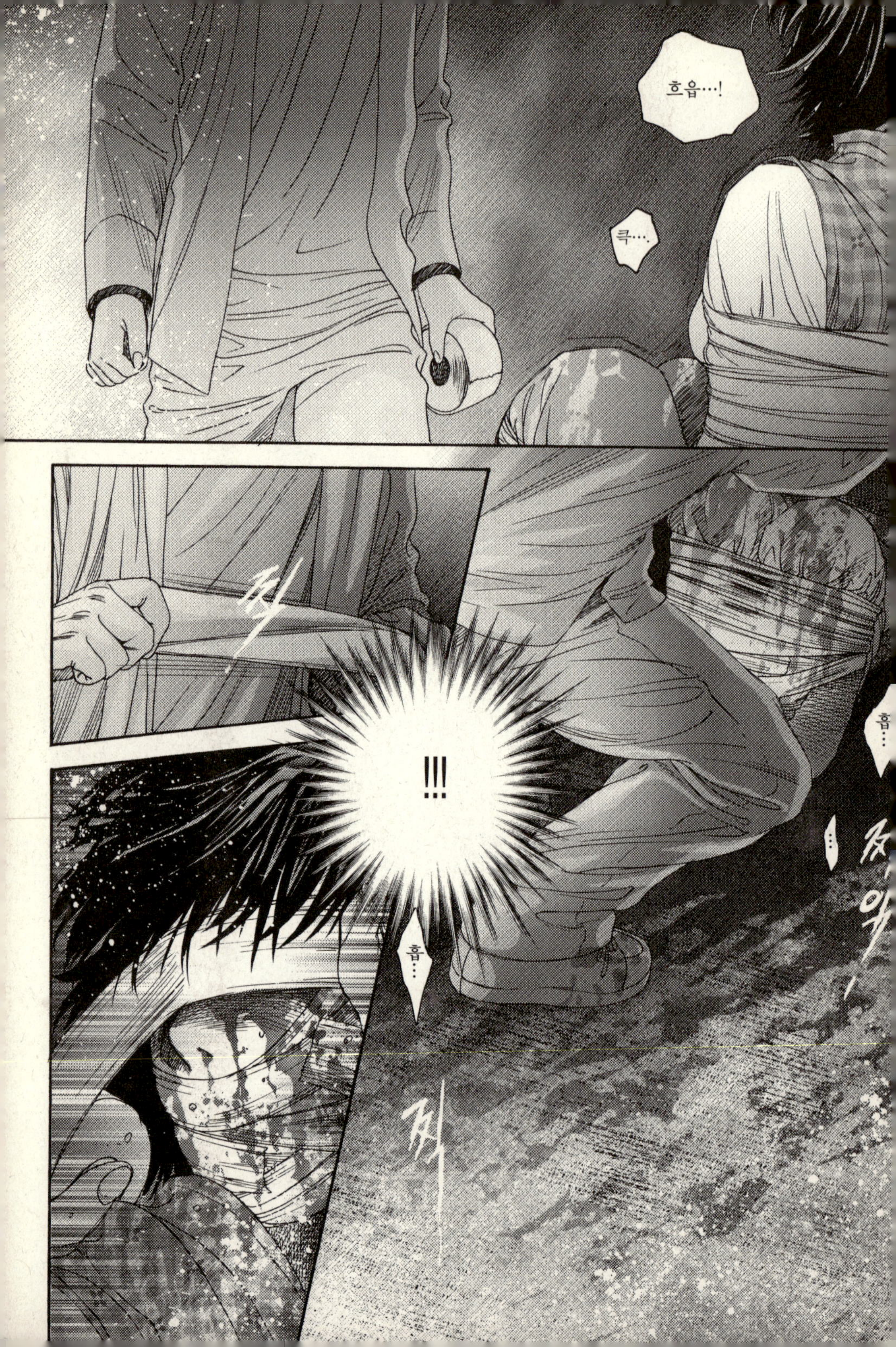
흐읍…!
큭…
찍
!!!
흡…
…
흡…
찍

너무
걱정하지마….
…넌 5일까지
걸리지도 않으니까―.
우욱…
‥
!!
어…어떻게
그걸 니가…!!

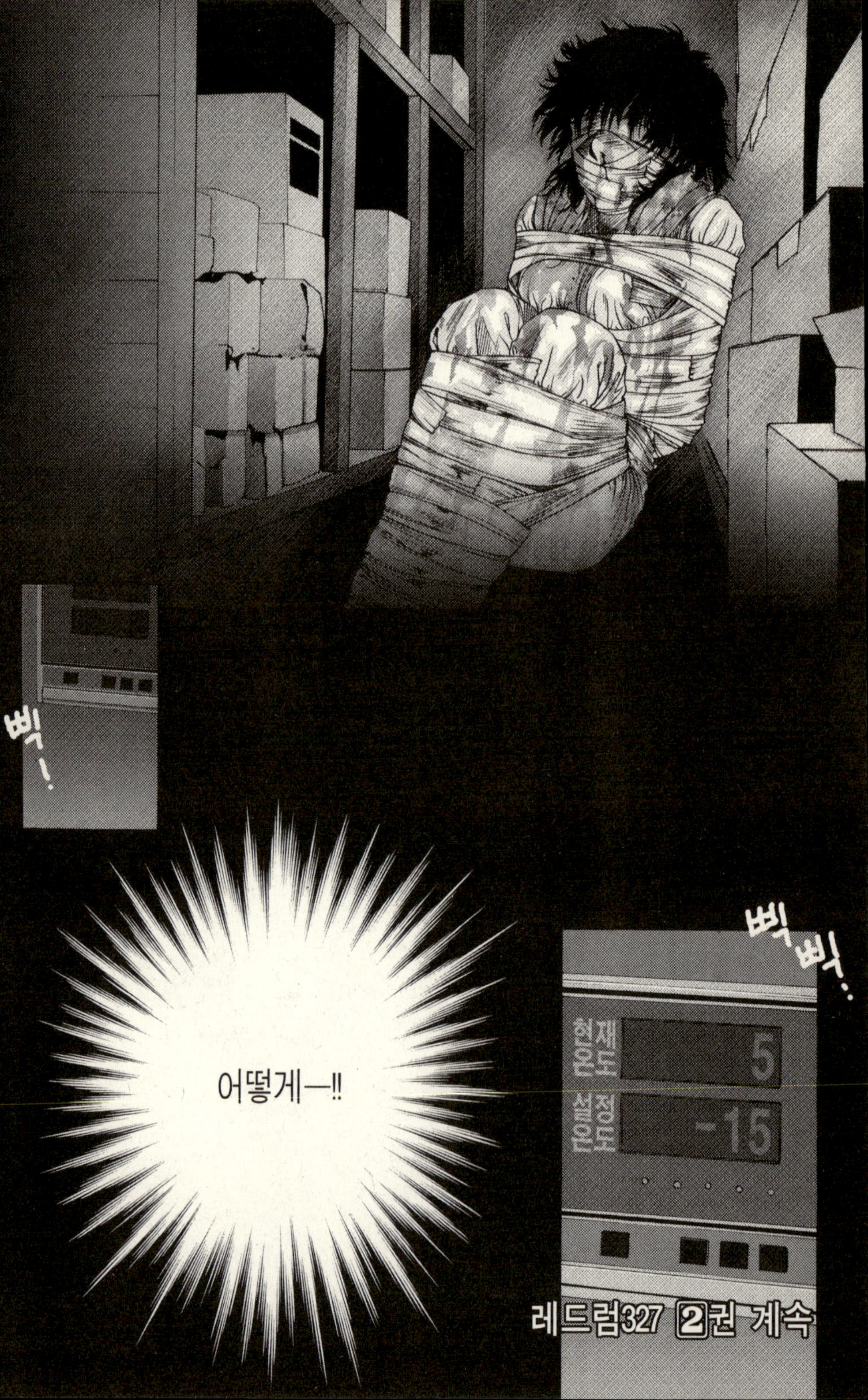
삑-!
삑삑..
현재 온도
5
설정 온도
-15
어떻게-!!
레드럼327 2권 계속

이슈코믹스 · IC-273

1 REDRUM 327

2003년 06월 08일 초판 인쇄
2003년 06월 15일 초판 발행
글 · 그림 | 고아성
발행인 | 김인규
편집장 | 강우식
책임편집 | 김정희 · 임효진
발행처 | 대원씨아이(주)
대원 만화 세상 www.mycomic.co.kr

서울특별시 용산구 한강로3가 40-456
Tel. (02) 793-5161~6
Fax. (02) 793-1023
1992년 5월 11일 등록 제3-563호

ISBN 89-528-5911-1
ISBN 89-528-5910-3 (세트)

값 4,000원

COMING SOON...
REDRUM
327
「기후」의 데뷔 앨범
7월 발매